Para Zixuan Li, un cisne y una ciruela.
N.G.

Para Steve.
A.R.

Título original: *Chu's Day*

© 2013 Neil Gaiman (texto)
© 2013 Adam Rex (ilustraciones)

Traducción: Pilar Armida

D.R. © Editorial Océano, S.L.
Milanesat 21-23, Edificio Océano, 08017 Barcelona, España
www.oceano.com

D.R. © Editorial Océano de México, S.A. de C.V.
Blvd. Manuel Ávila Camacho 76, piso 10, 11000 México, D.F., México
www.oceano.mx • www.oceanotravesia.mx

Primera edición: 2015

ISBN: 978-607-735-309-6
Depósito legal: B-6651-2015

IMPRESO EN ESPAÑA / *PRINTED IN SPAIN*

9004009010315

El día de Chu

Neil Gaiman

Ilustrado por

Adam Rex

OCEANO travesía

Cuando Chu estornudaba

sucedían cosas terribles.

Por la mañana, Chu fue con
su mamá a la biblioteca.

Había polvo de libros viejos
en el aire.

—¿Vas a estornudar? —preguntó
su mamá.

—No —dijo Chu.

A la hora del almuerzo, Chu fue
con su papá a la cafetería.

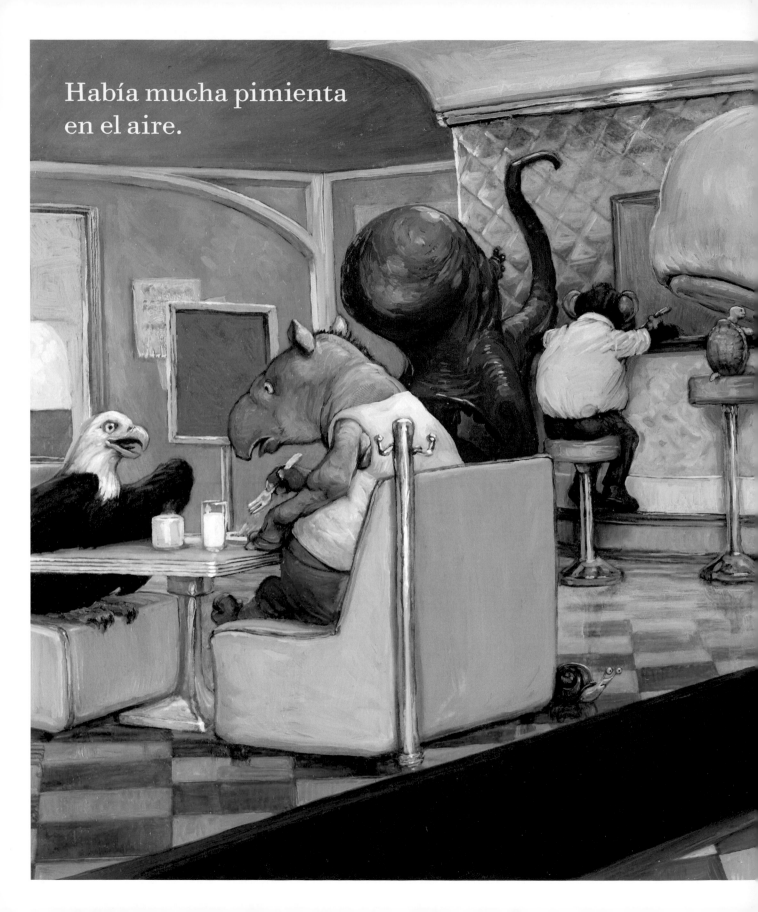

Había mucha pimienta
en el aire.

—¿Vas a estornudar?
—preguntó su papá.

AAA...

AAAA...

AAAAA...

—No —dijo Chu.

Por la tarde, Chu y sus padres
fueron al circo.

—Tengo que decirles algo
—anunció Chu.

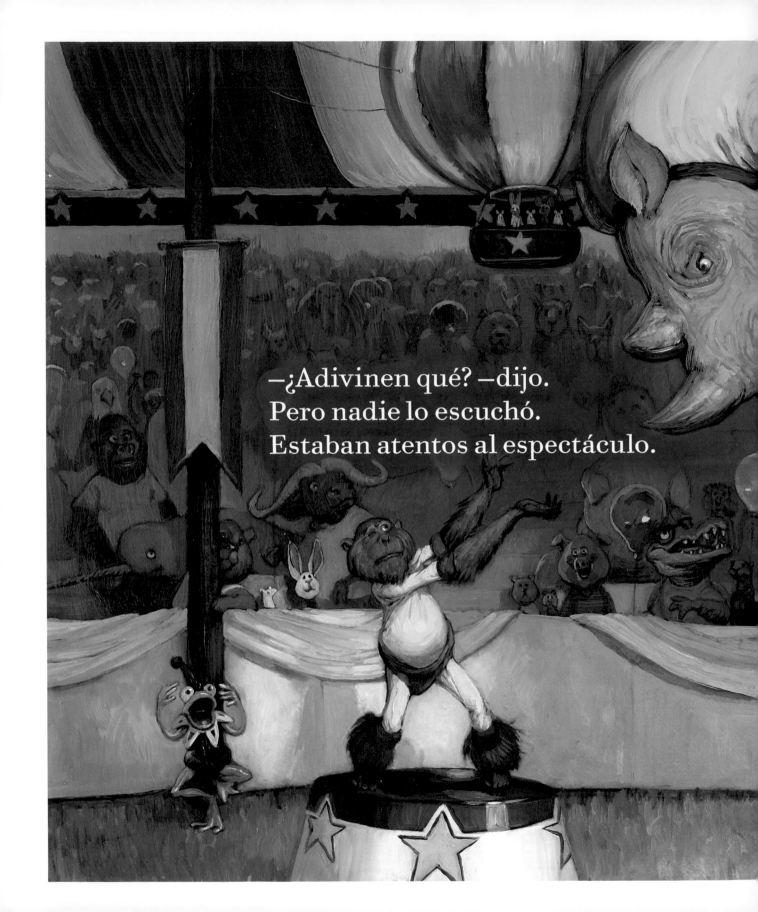

—¿Adivinen qué? —dijo.
Pero nadie lo escuchó.
Estaban atentos al espectáculo.

—Creo que voy a estornudar
—dijo Chu.

¡Aaaachuu

uuuuU!

—Uy —dijo Chu.

Después del circo, Chu se fue
a la cama.

—Oh, sí —dijo Chu—. Ese sí que fue
un estornudo.

Buenas noches.